MÉMOIRE

SUR LE

CALENDRIER DES LAGIDES

À L'OCCASION DE LA

DÉCOUVERTE DU DÉCRET DE CANOPE

LU

A L'ACADÉMIE DES INSCRIPTIONS ET BELLES-LETTRES

DANS LES SÉANCES DU MOIS DE MARS 1867 ET SUIVANTES

PAR

M. A.-J.-H. VINCENT

Membre de l'Institut

Extrait de la REVUE ARCHÉOLOGIQUE

Janvier 1868

PARIS

AUX BUREAUX DE LA *REVUE ARCHÉOLOGIQUE*

DIDIER et Cᵉ, éditeurs

QUAI DES AUGUSTINS, 35

--

1868

MÉMOIRE

SUR LE

CALENDRIER DES LAGIDES

A L'OCCASION DE LA

DÉCOUVERTE DU DÉCRET DE CANOPE;

Lu à l'Académie des Inscriptions et Belles-Lettres dans les séances du mois
de mars 1867 et suivantes.

I

La découverte du décret de Canope[1] est venue fort à propos
ajouter un élément des plus importants aux données si peu
nombreuses d'où dépend la solution du problème que présente
aux égyptologues le calendrier macédonien des Ptolémées.

Ces données se réduisent en effet à quelques doubles dates
dont il a été jusqu'à présent, on peut le dire, à peu près impos
sible de tirer parti[2].

Le seul point sur lequel on paraît s'accorder, c'est que les mois
de ce calendrier sont lunaires comme ceux du calendrier athé-
nien. Mais l'année elle-même est-elle purement lunaire, ou bien
est-elle luni-solaire, c'est-à-dire composée de séries de douze et
de treize mois, combinées de manière que leur jour initial, ou le
premier jour de la première lunaison de chaque série ne puisse
jamais s'écarter, soit en avançant, soit en retardant, d'une époque

---

1. Voir *Rev. archéol.*, juillet 1866, p. 49.
2. *Notices et Extraits des manuscrits, etc.*, t. XVIII (2e partie), p. 33.

fixe de l'année solaire, équinoxe ou solstice, jusqu'au point d'atteindre un intervalle supérieur ou égal à la durée d'une lunaison, même à celle d'une demi-lunaison? C'est là un détail qui, faute de données suffisantes, je le répète, n'a encore pu être complétement éclairci.

Hâtons-nous d'ajouter, dès le début de cette étude, un détail important : c'est que le calendrier des Ptolémées, dont il est ici question, doit être, à priori, distingué du calendrier chaldéo-macédonien qui a fait l'objet des recherches de divers érudits, notamment du savant Doyen de la faculté des lettres de Rennes, M. Th.-Henri Martin.

En effet, s'il est vrai qu'au premier abord, les deux calendriers, faisant usage de la même nomenclature, paraîtraient devoir être, par cette seule raison, considérés comme identiques, il n'en est pas moins incontestable que les circonstances historiques qui se rapportent à l'un et l'autre, et d'où dépendent leurs déterminations respectives, sont assez différentes pour motiver au moins un doute sur leur identité; et en raison de ce doute, il est non seulement prudent, mais rigoureusement indispensable d'admettre une distinction que la suite se chargera d'ailleurs de justifier, sans qu'il soit nécessaire de s'en préoccuper à l'avance.

Les dates chaldéo-macédoniennes étant ainsi écartées de la question actuelle, les seules données solides que nous puissions prendre pour bases, et qui soient assez claires et assez complètes pour ne donner lieu à aucune équivoque, se trouveront ainsi réduites aux doubles dates que nous fournissent, d'abord le monument connu sous le nom de pierre de Rosette, ensuite le décret de Canope récemment découvert, et enfin et avant tout, le précieux recueil des papyrus du Louvre, formé par l'illustre Letronne et heureusement publié sous les auspices de l'Académie des Inscriptions et belles-lettres, par les soins de M. Brunet de Presle[1].

L'Académie peut se rappeler en effet ce que je lui disais au mois de juin 1865 : « Il me resterait maintenant à traiter du ca-
« lendrier macédonien des Ptolémées : mais il convient pour cela
« d'attendre que, complétant le nouveau service qu'il rend à la
« science par la publication des papyrus du Louvre, notre savant

---

1. *Notices et Extraits des manuscrits, etc.,* t. XVIII, 2e partie.

« confrère M. Brunet de Presle m'ait mis à même d'entreprendre
« ce travail avec quelque chance de succès. »

Heureux aujourd'hui de trouver la route ainsi tracée par
un maître qui a fait ses preuves, je lui emprunterai pour entrer
en matière, deux doubles dates qu'il rapporte au règne de Ptolémée Philométor. Ce sont en effet les années de ce règne, que
suivant M. Brunet de Presle, l'on doit « prendre pour base des
« calculs de comparaison entre les deux calendriers officiels de
« l'Égypte [1] » ; et la solidité des raisons que notre confrère
donne à l'appui de son opinion ainsi formulée, me paraissant,
dans les limites de ma compétence, à l'abri de toute objection, je
n'aurai donc rien de mieux à faire que d'examiner les doubles
dates dont je viens de parler, en établissant à leur occasion une
méthode d'investigation applicable à tous les cas analogues.

Par la première de ces doubles dates que j'emprunte au recueil des papyrus, se trouve identifié le 25 thoth de l'année
égyptienne au 4 xandicos [2] de l'an 26, désignation qui se réfère,
d'après M. Brunet de Presle, au roi Ptolémée Philométor
comme je l'ai déjà dit, et à l'an 156 avant notre ère, compté à
la manière des chronologistes [3]. Or, d'après l'*Art de vérifier les
dates*, en cette année 156, le 1ᵉʳ thoth, qui est celui de l'an 593
de Nabonassar, étant tombé au 1ᵉʳ octobre, le 25 thoth est identique au 25 octobre : donc le 1ᵉʳ xandicos est identique au
22 octobre. Maintenant, la question que j'ai personnellement à
résoudre ici est de savoir si, en acceptant comme lunaires les
mois ptolémaïques, le 22 octobre de l'année julienne prolep-
tique — 156 peut être suffisamment rapproché d'une néoménie.
Or c'est ce qui se vérifie parfaitement, puisque, d'après les Tables de Pingré [4], il y eut éclipse de soleil et par conséquent nou-

---

1. L. c., p. 42.
2. Pap. n° 61 ; cp. p. 349. — Ici je lis, d'accord avec M. Brunet de Presle, Δ au
lieu de Λ. — Il faut observer une fois pour toutes, qu'à chaque instant l'on est ex-
posé à prendre l'une pour l'autre les sigles A, Δ, Λ. (Cf. Letronne, *Recueil des Inscriptions égyptiennes*, etc., t. I, p. 318.)
3. J'emploierai toujours dans mon texte, la méthode des chronologistes qui est
celle de l'*Art de vérifier les dates*, réservant pour mes Tableaux de calcul la *Méthode des astronomes*, dans laquelle les dates (av. J.-C.) sont *moindres d'une
année*, l'année — 1 des chronologistes étant comptée *zéro* par les astronomes.
4. *Histoire de l'Académie des Inscriptions*, t. XLII, p. 78. — Il ne faut pas perdre
de vue que les Tables de Pingré, telles qu'elles sont rédigées dans l'Histoire de l'A-
cadémie des Inscriptions, emploient la méthode astronomique (voir la note précédente), tandis que l'*Art de vérifier les dates* adopte la méthode chronologique.

velle lune, le 20 octobre à 7 heures du soir, en l'année — 155, identique, dans les supputations astronomiques, à l'an 156 avant Jésus-Christ compté à la manière des chronologistes. Mais avant que le commencement officiel du mois puisse être fixé, il faut que le croissant de la lune ait eu le temps de se manifester; et c'est seulement dans la soirée du 21 qu'il a dû devenir apparent. La coïncidence du 1er xandicos avec le 22 octobre et celle du 4 xandicos avec le 25 octobre est donc complétement justifiée[1]. — Voir le Tableau *A*.

La seconde des doubles dates que j'ai indiquées plus haut, est celle qui assimile le 4 péritios de l'an 18 [du même roi Philométor] à un certain jour de mésori de l'année égyptienne que M. Brunet de Presle croit être le 25e = KE, mais pour lequel Letronne avait lu $K\Theta = 29$[2]. Dans le doute, après avoir examiné à priori les circonstances du problème, je suis amené à considérer le chiffre 27 comme plus probable que l'un et que l'autre; et, en conséquence, j'ai à rechercher si le 27 mésori de l'année égyptienne à laquelle M. Brunet de Presle rattache l'an 18 de Philométor, et qu'il croit appartenir à l'année 164 avant notre ère, peut s'accorder avec une néoménie. Or, le 27 mésori étant le 357e jour d'une année égyptienne, et l'année 164 avant notre ère commençant dans le courant de l'année 584 de Nabonassar dont le 1er thoth est identique au 3 octobre 165[3], on en déduit sans difficulté que le 27 mésori proposé coïncide avec le 24 septembre 164 qui est le 357e jour de cette année 584 de Nabonassar, en comptant comme premier jour le 3 octobre 165[4].

Cela posé, le 4 péritios coïncidant avec le 24 septembre 164, et le 1er péritios avec le 21 septembre, c'est donc aux environs du 21 septembre 164 qu'il doit y avoir eu nouvelle lune. Pour m'en assurer, j'ouvre les Tables de Pingré à l'année 164 de l'*Art*

---

1. La rigueur exige toutefois qu'il soit tenu compte de la longitude d'Alexandrie, qui est de 27° 35' *Est*, d'où résulte que l'instant du phénomène y est relativement en retard d'*une heure* et 50 minutes sur la longitude de Paris. — Même observation pour les autres exemples qui suivront.

2. *Notices et Extraits*, etc. Pap. n° 63, col. 13, et pp. 373 et 374 du même volume. — Cp. aussi la page 42.

3. Voir l'*Art de vérifier les dates*, à l'année julienne 165 avant Jésus-Christ.

4. Preuve : . . . . 1er thoth 584 = 3 octobre 165.

	27 mésori	= 24 septembre 164.
Différence :	356 jours	= 356 jours.

de vérifier les dates, et j'y cherche, comme je l'ai fait précédemment, l'époque d'une éclipse de soleil ou de lune, la plus rapprochée possible du 21 septembre : soit l'éclipse de lune du 3 octobre à 6 heures du soir (au méridien de Paris). Comme une éclipse de lune ne peut tomber qu'au milieu d'une lunaison, et que la lunaison vaut 29 jours 1/2 à très-peu près [1], la nouvelle lune précédente aura dû tomber 14 jours 3/4 avant le 3 octobre à 6 heures du soir (c'est-à-dire 12 jours avant le commencement d'octobre), et par conséquent à la première heure du 19 septembre [2]. Le 21 septembre a donc pu convenablement être pris pour premier jour d'un mois lunaire. — Voir le Tableau *B*.

Avant de poursuivre, remarquons en passant, qu'entre le 19 septembre 164 et le 20 octobre 156, il y a juste 100 lunaisons [3]. Si les années ptolémaïques étaient simplement lunaires, les 100 lunaisons feraient 8 années lunaires de 12 mois, et 4 mois en plus. Or, depuis le 1er péritios jusqu'au 1er xandicos du tableau des mois macédoniens [4], nous ne trouvons que 2 mois de distance : c'est une preuve que 2 lunaisons ont été absorbées par l'intercalation. *L'année ptolémaïque est donc luni-solaire;* et par conséquent, conformément à la règle métonicnne, 19 années consécutives doivent admettre 7 intercalations : c'est-à-dire que sur ces 19 années, 12 doivent être composées de 12 lunaisons chacune, les 7 années restantes devant en comprendre 13.

1. 3/4 d'heure *en plus*, ou, plus exactement, 44′ 2″.

2. Les Tables de Pingré conduisent, comme on le voit, au commencement du 19 septembre pour l'instant de la néoménie ; mais la méthode de Largeteau donne 14 heures 57 minutes de plus.

3. En effet, les 2 953 jours qui forment la différence, se décomposent en $30 \times 53 + 29 \times 47$, et $53 + 47 = 100$. De plus, $53 : 47 :: 124 : 111$ environ : c'est approximativement comme le nombre des mois de 30 jours compris en 19 ans est au nombre des mois de 29 jours.

4. Mois macédoniens :

1 Dios.	7 Artémisios.
2 Apelléos.	8 Désios.
3 Audynéos.	9 Panémos.
4 Péritios.	10 Loos.
5 Dystros.	11 Gorpiéos.
6 Xandicos.	12 Hyperbérétéos.

N. B. — Il faut tenir compte du mois intercalaire nommé *Dioscouros* (ou autrement) dont on ne connaît pas au juste la place, soit au 13e et dernier rang comme on le pense vulgairement, soit au 7e après xandicos comme le suppose Saint-Martin (*Nouvelles recherches sur l'époque de la mort d'Alexandre*, p. 47).

Quant à l'ordre dans lequel se faisaient les intercalations, c'est-à-dire quant au rang ordinal des années auxquelles était ajouté le 13e mois ou mois embolismique, non-seulement il paraît n'avoir pas été le même pour chaque règne, mais il résultera des recherches ultérieures, que la place du mois *dios*, premier des mois de l'année luni-solaire, que par conséquent le commencement de l'année civile ptolémaïque, pouvait varier à chaque changement de règne, d'où résultait en quelque sorte une ère personnelle pour chaque nouveau souverain investi de l'autorité royale : c'est ce que la suite fera mieux comprendre.

Mais auparavant, revenons un instant sur la méthode employée dans notre texte pour la détermination des nouvelles lunes. A priori, on pourrait supposer que les résultats doivent acquérir un plus grand degré d'exactitude lorsqu'on y emploie la méthode perfectionnée dont la science est redevable à l'astronome Largeteau[1]. Je n'ai pas voulu refuser aux personnes qui pourraient éprouver ce scrupule, une satisfaction qu'il m'était facile de leur procurer ; et j'ai en conséquence exécuté, au moyen des Tables de Largeteau, les calculs désirés, tant pour les exemples précédemment traités, que pour ceux qui viendront ensuite. On en trouvera les Tableaux à la fin de ce Mémoire. Mais je crois rendre service aux égyptologues qui se livreront par la suite à la recherche si utile des doubles dates égypto-macédoniennes, en leur disant que pour ce qui touche particulièrement ce genre de questions, l'emploi des Tables de Largeteau est complétement inutile, et la précision résultant de leur emploi tout à fait illusoire, comme on peut déjà le reconnaître sur les deux exemples traités ci-dessus.

Deux mots suffiront pour le prouver d'une manière générale. En effet, dans l'application de ces sortes de calculs à la chronologie, que cherche-t-on? uniquement la date du jour où tel phénomène a eu lieu; tout au plus peut-on désirer de savoir si c'est le matin ou le soir qu'il est arrivé. Or les Tables de Pingré, employées comme je l'ai indiqué, peuvent donner jusqu'au *quart d'heure :* c'est donc beaucoup plus qu'il n'en faut; et je puis invoquer ici le témoignage de Largeteau lui-même, qui, à la fin de son Mémoire additionnel à la *Connaissance des temps*[2],

1. *Additions à la Connaissance des temps pour* 1846; et *Mémoires de l'Académie des sciences,* t. XXII, 1850.
2. Lieu cité.

affirme que la *Table des éclipses* de Pingré a toute l'*exactitude qui convient à sa destination chronologique*.

Quant aux Tables de Largeteau lui-même, elles donnent à la vérité l'heure et la minute; mais on n'a nullement besoin d'une telle précision. On peut donc faire entièrement abstraction des Tableaux de calcul que j'ai annoncés, et que l'on trouvera néanmoins, comme je l'ai dit, à la fin du présent Mémoire si l'on veut les y chercher.

Passons à la pierre de Rosette. Ici nous avons à identifier le 18 méchir avec le 4 xandicos; et si nous en croyons les *Annales des Lagides* de Champollion-Figeac, ainsi que le Mémoire de notre illustre prédécesseur Letronne, ce jour correspondrait au 27 mars 196 avant J.-C. Mais cette assertion a été combattue par Saint-Martin[1]. D'après cet auteur, le 18 méchir de l'an 9 d'Épiphane auquel se réfère le monument, ne tombe pas sur l'année 196 avant notre ère, mais sur l'année 199. Or, en partant toujours du même principe admis, que les mois macédoniens sont des lunaisons et que leurs commencements sont des néoménies, il sera facile de décider laquelle des deux opinions a pour elle la vérité. En effet, le 1er thoth de l'année égyptienne qui est la 552e de Nabonassar, tombe sur le 11 octobre de l'année julienne 197; et comme le 18 méchir est le 168e jour de l'année égyptienne, il s'ensuit que ce jour correspond au 27 mars de l'année 196 [2]. Puisque d'ailleurs ce même jour est identique au 4 du mois macédonien xandicos, le 1er xandicos coïncidera avec le 24 mars. C'est donc, d'après tout ce qui a été dit précédemment, à la date du 22 mars que nous devons trouver une nouvelle lune. Or, si nous ouvrons les Tables de Pingré à l'année 196 (— 195 astr.), nous trouvons une éclipse de lune, et par conséquent pleine lune, le 5 janvier à 4 heures du matin; d'où nouvelle lune le 19 janvier à 10 heures du soir, et aussi 59 jours après, c'est-à-dire le 19 mars. Mais un pareil résultat, exigeant 5 jours d'attente avant la néoménie officielle ou le premier jour du mois, ne saurait être admis.

---

1. Dans l'ouvrage cité.

2.

An 552 de Nabonassar :	Années avant J.-C. :
1er thoth...............	= 11 octobre 197
18 méchir...............	= 27 mars 196.
Différence : 167 jours...............	167 jours.

Il n'en est pas de même pour l'année 199 (— 198 astr.). Pour celle-ci, on trouve une éclipse de soleil, et par conséquent nouvelle lune, le 21 février à 11 heures du soir, et par suite aussi le 23 mars au milieu du jour. Comme d'ailleurs en l'an 200 le 1ᵉʳ thoth tombe au 12 octobre, d'où le 18 méchir suivant au 28 mars 199, il s'ensuit (en répétant ici le raisonnement employé plus haut pour les deux dates relatives à Philométor) que le 1ᵉʳ xandicos se trouvera convenablement placé au 25 mars 199, puisque de cette manière le 4 xandicos coïncidera avec le 28 mars. En résumé, c'est donc dans l'année 199 (voir le Tableau C) et non dans l'année 196[1] que tombe le 18 méchir de l'an 9 de Ptolémée Épiphane. D'ailleurs l'une de ces années exclut l'autre à raison de leur mutuelle proximité.

Voilà donc, par suite de ce résultat et conformément au système de Saint-Martin, le règne d'Épiphane et la date de son éponymie remontés de 3 ans : en effet, si la 9ᵉ année de son règne commence en l'an 199 au lieu de 196, la première année de règne et son éponymie seront reportées en 208 au lieu de 205[2].

Je n'ai point à justifier ici la théorie de Saint-Martin qui me paraît appuyée sur de solides raisons pour lesquelles je renvoie à son ouvrage[3]. En empruntant à cet auteur son système, je veux me borner à faire voir qu'il est d'accord avec le calcul, en contradiction d'ailleurs avec les idées communément reçues; mais j'ajouterai que le caractère en quelque sorte mathématique du résultat me paraît devoir rendre cette théorie désormais inattaquable.

Je ne dois pas négliger d'ailleurs de signaler, en confirmation de ce système, la manière ingénieuse, et que je crois très-juste, dont Saint-Martin interprète la locution παραλαβεῖν τὴν βασιλείαν παρὰ τοῦ πατρός. Suivant lui[4], on doit la traduire par *recevoir la royauté de son père*, et non, comme on le fait ordinairement,

---

1. Letronne, en écrivant par distraction 296 au lieu de 196, a commis ici une suite d'erreurs (conséquences de la première) que je ne m'arrêterai pas à relever. Malheureusement, lorsque plus tard l'illustre archéologue reconnut l'erreur fondamentale, il négligea, en la corrigeant, d'en corriger également les suites; de sorte que son Mémoire est resté entaché de propositions fausses telles que celle-ci : que le calendrier macédonien pouvait bien n'être pas lunaire.

2. Cf. Saint-Martin, p. 91.

3. Voir p. 84 et 85 ce qui est relatif à l'éponymie; et cp. Brunet de Presle, p. 42 (*note*).

4. *Ibid.*, p. 87.

« *succéder dans la royauté à son père*..... Il n'en doit pas être
« ainsi, dit-il, avec un second régime comme παρὰ τοῦ πατρός. Il
« faut entendre alors qu'*on a reçu la couronne même de la main de*
« *son père, et qu'on a été associé par lui au trône*. Le principe de
« l'hérédité existait dans toutes les monarchies anciennes ; il aurait
« donc été pour le moins inutile, dans un monument public, de
« dire d'un prince qu'il était successeur de son père, surtout en
« Égypte, où, depuis l'établissement des Ptolémées, l'ordre de
« succession de père en fils n'avait pas encore été interrompu. »

« On ne doit pas, dit-il un peu plus loin [1], s'étonner de voir
« Épiphane porter le titre de roi du vivant de son père : ce n'était
« pas un usage nouveau dans la famille des Ptolémées. Porphyre,
« dans Eusèbe, nous atteste que Ptolémée Soter avait été maître
« de l'Égypte pendant 40 ans, mais que la durée de son gouver-
« nement n'était comptée que pour 38 ans, parce que 2 ans avant
« sa mort il avait associé son fils à la royauté .... »

« Ce que Ptolémée Soter fit pour Philadelphe, dit-il encore [2],
« prouve pour Épiphane. Ainsi ce fut de cette *prise de possession*,
« de cet acte de la volonté paternelle, qui était une véritable as-
« sociation, que l'on data sur les monuments les années éponymes
« des rois. »

A l'appui des observations précédentes de Saint-Martin, j'ajouterai une remarque qui me paraît donner en quelque sorte une
démonstration de leur justesse ; je la puise dans un autre passage
de Porphyre rapporté par Eusèbe [3], où il est dit qu'Alexandre II
ayant épousé Cléopâtre (an 82), régna avec elle 19 jours et la fit
périr : Καὶ γήμας τὴν προειρημένην Κλεοπάτραν, παραλαβών τε παρ᾽ ἑκού-
σης τὴν ἐξουσίαν, ἐννεακαίδεκα διαγενομένων ἡμερῶν, ἀνεῖλεν αὐτήν. On ne
peut pas entendre simplement qu'Alexandre détrôna Cléopâtre
après l'avoir épousée de force, et qu'après avoir régné seul
19 jours, il la fit mourir ; car, au même endroit, Porphyre dit
formellement qu'ils régnèrent ensemble 19 jours : Ἀλεξάνδρῳ τῷ
μετ᾽ αὐτῆς ἡμέρας ἄρξαντι ιθ.

Ce passage de Porphyre, je le répète, me paraît une démonstration sans réplique de l'exactitude du sens qu'après Saint-
Martin j'attache à la locution citée, puisque l'on y voit en pro-

1. *Ibid.*
2. *Ibid.*, p. 88.
3. Euseb. Pamphil. Chronicor. canon. lib. II, Mediol. 1818, p. 119. — Cf. Saint-
Martin, p. 98, 99.

1*

pres termes Alexandre παραλαβὼν παρὰ Κλεοπάτρας τὴν ἐξουσίαν, gou-
vernant conjointement avec elle, μετ' αὐτῆς ἄρξαντι.

Enfin, pour compléter ce qui est relatif à cette formule, je
dirai encore qu'elle est employée dans la célèbre inscription
d'Adulis d'une façon tout à fait absolue, et sans y être accom-
pagnée d'aucune date qui serait avec elle en corrélation. Elle y
vient à la suite des titres de Ptolémée Évergète, aïeul d'Épiphane,
titres dont elle forme en quelque sorte le complément ; et nous
la retrouverons tout à l'heure appliquée au même souverain
dans le décret de Canope dont nous aurons à nous occuper dans
un instant.

Mais avant de quitter l'inscription de Rosette, nous avons à
examiner une question importante dont la solution doit influer
sur ce qui suivra.

Je veux parler d'une lacune que présente la ligne 46 du texte
grec, et que notre illustre prédécesseur M. Letronne a remplie
avec les mots [τὴν τοῦ μεχεὶρ ἑπτακαιδεκάτην], dont le sens se trouve
complété à la ligne 47 par ceux-ci : ἐν ᾗ παρέλαβεν τὴν βασιλείαν
παρὰ τοῦ πατρός. Notre confrère et ami M. Ch. Lenormant remplissait au contraire la lacune citée en y introduisant le mot φαωφὶ
au lieu du mot μεχείρ.

Les raisons pour et contre chacune des deux opinions sont
assez connues pour que je n'aie pas à les reproduire ici. Qu'il
me suffise donc de dire que, sur ce point comme sur un autre
dont je dirai plus loin (p.14 , note 1re) quelques mots, savoir :
l'antériorité relative des deux textes égyptien et grec, je suis
complétement de l'avis de mon illustre ami. — Lenormant, suivant moi, a judicieusement établi la distinction qu'il fallait faire
entre la cérémonie du couronnement, τὴν πανήγυριν τῆς παραλήψεως
τῆς βασιλείας, cérémonie qui eut effectivement lieu à Memphis le
18 méchir, et la cérémonie de la première prise de possession,
laquelle est exprimée par les mots ἐν ᾗ παρέλαβεν τὴν βασιλείαν παρὰ
τοῦ πατρὸς αὐτοῦ. Lenormant remarque en outre que, dans la première acception, le mot βασιλεία est représenté dans le texte hiéroglyphique par *une colonne à chapiteau en forme de lotus ou-
vert, surmonté de deux cornes de taureau, l'extrémité du lituus
étant posée en travers de la corne gauche*, tandis qu'au contraire,
quand il s'agit de l'avénement du jeune prince à la couronne
par la volonté de son père, le mot βασιλεία est exprimé par l'em-
blème ordinaire de la royauté, la *tige de roseau*.

Je conclus en conséquence : et ainsi, à mon humble avis, Lenormant a eu pleine raison de supposer que le passage manquant à la ligne 46 devait faire allusion, non au couronnement mais à l'avénement.

Nous pouvons maintenant nous occuper plus spécialement du décret de Canope [1]. Ce monument est daté de l'an 9 d'Évergète, le 7 du mois macédonien apelléos, qui est, dit le texte, le 17 de tybi pour les Égyptiens. D'après le canon des rois, tel qu'il est admis par Champollion-Figeac, l'an 9 d'Évergète correspondrait, ou du moins le 17 tybi de cette année appartiendrait à l'an 510 de Nabonassar, dont le 1er thoth est identique au 22 octobre de l'an 239 avant J.-C. ; et, par suite, le 17 tybi, 137e jour de l'année, serait identique au 7 mars de l'an 238 [2]. Or, ce jour devant aussi être identique au 7 apelléos, il s'ensuit qu'il eût dû y avoir nouvelle lune dans les derniers jours de février du calendrier julien, afin que le 1er apelléos pût être identique au 1er mars. Mais si l'on essaie de vérifier cette conséquence, on ne réussit pas plus que dans la recherche précédemment faite pour l'an 196 appliqué à la pierre de Rosette : car on voit dans la Table de Pingré qu'il y eut éclipse de soleil, et par conséquent nouvelle lune, le 4 avril 238 (— 237 astron.) à 6 heures du matin, et par conséquent aussi nouvelle lune le 5 mars dans la soirée, résultat incompatible avec les conditions du problème tel qu'il est posé. Pour trouver une nouvelle lune convenablement placée par rapport au 1er mars, il faut remonter jusqu'à l'an 243 avant notre ère, année dont le commencement appartient à l'an 505 de Nabonassar.

Cette époque convient parfaitement au problème : car le 1er thoth de l'an 505 de Nabonassar tombant sur le 23 octobre 244, le 17 tybi coïncide avec le 8 mars 243 [3]. Or la nouvelle

---

1. R. Lepsius, *Das bilingue Dekret von Kanopus*, etc. — (Erster Theil.) — Berlin, 1866.

2.

	1er thoth 510	=	22 octobre 239
	17 tybi.....	=	7 mars 238.
Différence :..	136 jours	=	136 jours.

3.

	1er thoth 505	=	23 octobre 244
	17 tybi.....	=	8 mars 243.
Différence :...	136 jours	=	136 ours.

lune précédente arrivant le 28 février [1], le 2 mars a pu très-bien être pris pour premier jour d'un mois macédonien ; et, en admettant que ce mois est apelléos, on obtient ainsi le 8 mars ou 17 tybi pour le 7 apelléos. — Voir le Tableau *D*.

Une autre raison confirme d'ailleurs cette solution et lui donne un caractère décisif. C'est un passage du décret, passage dont nous n'avons pas encore parlé, et d'après lequel le lever de l'étoile d'Isis eut lieu, dit le texte, le 1er du mois paÿni, ce qui revient à dire, pour nous, que le 20 juillet julien était cette année-là tombé le 1er paÿni. Or dans l'année 509 de Nabonassar, où nous placerait le canon de Champollion-Figeac, le 20 juillet est tombé, non pas le 1er paÿni, mais le 2, ce qui est formellement contredit par le texte du décret. Les seules années dans lesquelles le 20 juillet julien est tombé le 1er paÿni, sont les années de Nabonassar qui ont commencé au 23 octobre, c'est-à-dire les années 504, 505, 506, 507, dont le 1er thoth est identique au 23 octobre des années juliennes respectivement correspondantes : 245, 244, 243, 242. Ainsi, quand le décret dit que le lever de l'étoile d'Isis a eu lieu cette année-là le 1er paÿni, il faut entendre que c'est le 1er paÿni de l'année 504 de Nabonassar, identique au 20 juillet de l'année julienne 244 comptée à la manière des chronologistes [2]. De cette façon, le 17 tybi suivant, c'est-à-dire le 17 tybi de l'an 505 de Nabonassar, correspond au 8 mars de l'année julienne 243, comme on vient de le voir.

Du reste, il ne s'agit ici, remarquons-le bien, ni de la période sothiaque, ni même d'une période quadriennale quelconque. Le décret dit seulement que l'astre d'Isis s'est levé cette année-là le 1er paÿni. Que ce lever ait été plus ou moins héliaque, il n'en est nullement question : il s'agit seulement du jour de la première apparition d'Isis sur l'horizon : cette première apparition a eu lieu 4 années de suite (d'une façon ou d'une autre) le 1er paÿni; et cela se rapporte exclusivement, comme nous l'avons dit, aux 4 années de Nabonassar 504 à 507, lesquelles correspondent respectivement aux années juliennes 245 à 242 avant notre ère : c'est donc dans ces 4 années considérées

1. D'après Pingré, il y eut pleine lune le 15 janvier à 4 heures. Ajoutant *une lunaison et demie*, soit 44 jours 7 heures, on tombe sur le 28 février à 11 heures.

2.   1er thoth 504 de Nab. = 23 octobre 245
                            1er paÿni............ = 20 juillet 244.

Différence... 270 jours.   = 270 jours.

exclusivement à toute autre, que nous devons chercher la solution; et de ces 4 années, la seule qui satisfasse à la condition nécessaire de donner une nouvelle lune à la veille du mois de mars, est, comme nous l'avons vu, l'année 243.

Quant à la difficulté que trouveraient les historiens de l'Égypte ptolémaïque à transporter ainsi le règne d'Évergète 5 ans plus haut qu'on ne le fait ordinairement, elle devra paraître bien légère après tout ce qui précède. Il suffit en effet pour la lever, de supposer que Ptolémée Philadelphe aura fait pour son fils Évergète, ce que Ptolémée Soter avait fait pour Philadelphe, et que, plus tard, Ptolémée Philopator fit pour Épiphane, comme nous l'avons dit[1]. En effet, vers la fin de sa longue carrière, dont les détails ne paraissent pas bien connus, Philadelphe dut éprouver des défaillances dont peut-être il serait permis de voir une preuve suffisante dans les monnaies frappées, de son vivant même, au nom et à l'effigie de sa femme Arsinoé.

Nous admettrons donc que le règne d'Évergète commença du vivant même de son père, c'est-à-dire 4 ou 5 ans avant la mort de Philadelphe, arrivée, croit-on, en l'an 501 de Nabonassar, 247 avant J.-C. Il est vrai que ce pourrait être par suite d'une abdication de la part de Ptolémée Philadelphe, mais il paraît plus probable que ce fut par suite d'une association entre le père et le fils, usage commun dans la famille des Ptolémées, et dont nous venons de citer des exemples. Alors, cet acte dut se passer en l'an 497 de Nabonassar, 251 avant notre ère. De cette manière, la 9ᵉ année de règne d'Évergète, mentionnée dans le décret de Canope, doit se compter à partir de l'année 31ᵉ du règne de Philadelphe, et non de l'année de sa mort, arrivée 4 ou 5 ans après.

Au reste, il n'est pas extraordinaire dans des circonstances analogues de l'histoire des Lagides, que l'on trouve deux supputations différentes employées pour désigner une même époque. C'est ainsi, par exemple, que des médailles de la 2ᵉ année du règne de Philadelphe portent le nombre 41 qui se rapporte à l'avénement de Soter[1]. C'est encore ainsi que, suivant le témoignage de mon savant confrère M. Brunet de Presle (page 39 du volume des papyrus), deux réclamations distinctes émanées des prêtresses de Cléopâtre sont rapportées, l'une à l'an 18 de

1. Champollion-Figeac, *Annales des Lagides*, t. II, p. 32.

Philométor[1], l'autre à l'an 7, quoique les deux pétitions soient relatives à la même affaire. Cela tient à ce que dans l'une des deux pièces, écrite sous le gouvernement d'Évergète [II] (je cite M. Brunet de Presle), « on désignait l'année d'après lui seul et sans tenir compte de son frère »; tandis que, plus tard, « Phi- « lométor étant remonté sur le trône, on lui a compté les années « antérieures, comme s'il n'avait pas cessé de régner ».

Il me reste peu de choses à dire sur les documents employés : une remarque pourtant me semble assez importante, c'est que dans le décret de Canope, la date du jour de la naissance du roi et celle du jour de sa prise de possession sont exprimées uniquement en fonction du calendrier macédonien, tandis que dans le décret de Memphis (pierre de Rosette), les dates analogues, bien que paraissant intrinsèquement corrélatives au calendrier macédonien, sont toutefois exprimées suivant la nomenclature égyptienne. Il y a plus, c'est que l'expression macédonienne *apelléos* du décret de Canope y est traduite phonétiquement dans le texte hiéroglyphique, tandis que rien de semblable n'apparaît dans le second monument[2]; cela prouve que dans l'intervalle

1. 164 avant J.-C.

2. Letronne concluait de diverses circonstances que le texte grec était la rédaction primitive, et que l'égyptien n'en était que la traduction, tandis que, suivant Ch. Lenormant, le grec n'était qu'une version du texte égyptien.

Ici encore (voir plus haut, p. 10) je ne puis me défendre de pencher vers l'avis du second de ces deux illustres savants.

En effet, comment un décret rendu par les prêtres égyptiens aurait-il pu ne pas être égyptien avant tout? Ensuite, il n'est pas jusqu'aux raisons données par Letronne (p. 318, note 98) à l'appui de son opinion, qui ne me paraissent justement témoigner contre elle : « Jamais, dit-il, un Grec n'a pu écrire, par exemple, ΤΡΙΑ- « ΝΑΔΑ ni ΙΕΡΩΝ ». Mais cependant, si le texte original était véritablement grec, comment n'aurait-on pas commencé par le faire transcrire en grec par la main d'un Grec sachant sa langue? (Cp. Brugsch, *Matériaux*, etc., p. 62.)

Il est bien évident d'ailleurs que si, comme le dit M. Brunet de Presle (loc. laud., p. 42, note 2), « dans les actes émanés des Ptolémées et qui portent une double « date, c'est la date macédonienne qui est énoncée la première », ce n'est nullement une raison pour qu'il en soit de même dans les actes émanés du sacerdoce égyptien ; on pourrait même soutenir que, dans ce second cas, c'est le contraire qui doit avoir lieu.

Peut-être y aurait-il aussi quelque induction à tirer, relativement au décret de Canope, de la circonstance singulière que présente par deux fois (l. 3 et l. 58) le texte grec, dans la transcription de la date du 17 tybi, date qui évidemment a été tracée après coup dans un espace réservé et beaucoup plus que suffisant pour la contenir. On ne peut voir en cet endroit ni rature ni lacune, puisque rien ne saurait être intercalé parmi les éléments d'un quantième de mois tel que ἑπταχαι-δεκάτῃ.

de 44 ans qui sépare les deux décrets, le gouvernement était devenu plus égyptien. Mais quant au but principal du premier décret, qui était de faire remplacer l'usage de l'année vague par celui de l'année fixe, il ne paraît pas admissible qu'on y ait donné suite immédiatement : car (cela est démontré par les documents historiques discutés dans un précédent Mémoire [1]) c'est à partir seulement de l'époque d'Auguste, que l'année officielle du gouvernement égyptien est devenue fixe, de vague qu'elle avait été jusque-là.

II

Maintenant, pour pouvoir tirer de l'étude précédente les conséquences qu'elle comporte sous le rapport calendaire qui est notre principal objet, résumons dans un tableau les dates qui ont servi de base à nos calculs, et comparons la position relative des mois ptolémaïques avec celle des mois juliens.

DATES FONDAMENTALES.

	ANNÉES DE NABONASSAR.	DATES PTOLÉMAÏQUES.	DATES JULIENNES.
(D)	505 . 17 tybi.	7 apelléos an IX d'Évergète.	8 mars 243.
(C)	549 . 18 méchir.	4 xandicos an IX d'Épiphane.	28 mars 199.
(B)	584 . 27 mésori.	4 péritios an XVIII de Philométor.	24 septembre 164.
(A)	593 . 25 thoth.	4 xandicos an XXVI »	25 octobre 156.

RÉDUCTIONS AU PREMIER DU MOIS.

	NABON.	PTOLÉM.	JUL.	NÉOMÉNIE précédente.	1er dios précédent ou commencement de l'année courante.
(D)	11 tybi.	1er apelléos.	2 mars 243.	28 février.	1er février 243.
(C)	15 méchir.	1er xandicos.	25 mars 199.	23 mars.	28 octob. 200.
(B)	24 mésori.	1er péritios.	21 septemb. 164.	19 septembre.	24 juin 164.
(A)	22 thoth.	1er xandicos.	22 octobre 156.	20 octobre.	27 mai 156.

1. Recherches sur l'année égyptienne, etc. (*Revue de l'Orient, de l'Algérie et des Colonies*, 1865.)

De cette comparaison il résulte :

1° Que le mois xandicos, qui commence au 22 octobre sous Philométor (an 156 avant J.-C., 593 de Nabonassar), commence au 25 mars sous Épiphane (en l'an 199 avant J.-C., 549 de Nabonassar), c'est-à-dire dans la saison de l'année presque diamétralement opposée (à plus de 5 mois de distance).

2° Que les mois apelléos et xandicos, entre lesquels sont placés, dans le calendrier macédonien, 3 mois entiers, audynéos, péritios, dystros, se trouveront non-seulement consécutifs, mais même en partie confondus si on les prend dans notre Tableau (voir ci-dessus, p. 5, note 4), puisque le premier, apelléos, commence au 2 mars sous Évergète (en l'an 243 avant notre ère, 505 de Nabonassar) tandis que le second, xandicos, comme on l'a déjà vu, commence au 25 mars sous Épiphane (199, 549, différence 44 ans).

3° Enfin, que les mois apelléos et péritios, qui ne sont séparés dans le calendrier macédonien que par le seul mois audynéos, se trouveront situés à plus de 6 mois de distance si on les prend, le premier sous Évergète où il commence au 2 mars, comme on vient de le voir, le second sous Philométor où il commence au 21 septembre.

Au reste, ces observations peuvent se résumer sous cette forme plus simple :

1° Sous Évergète, 243 ans avant notre ère, le 1er dios, commencement de l'année, comme nous l'admettons, coïncidait avec le 29 janvier;

2° Sous Épiphane, — 200 de notre ère, le 1er dios coïncidait avec le 28 octobre;

Enfin 3° sous Philométor, 40 ans plus tard, le 1er dios chevauchait sur les mois de mai et de juin.

Maintenant, comment expliquer ces faits si contraires à nos habitudes scientifiques? c'est ce que nous allons tâcher de faire. Or, nous avons admis qu'en principe le calendrier des Ptolémées était lunaire comme celui des Macédoniens dont il dérive; nous avons, de plus, démontré (autant qu'une démonstration est possible ici), par la comparaison des dates de Philométor, d'Épiphane et d'Évergète, que ce calendrier n'est pas seulement lunaire, mais qu'il est luni-solaire; il s'en faut cependant que cela suffise pour rendre raison des faits que nous venons de constater. En effet, tout calendrier luni-solaire doit satisfaire à cette condition, que

quand la fin d'une série de 12 mois lunaires devance de plus
d'un mois (même moins) le commencement ou tout autre point
déterminé de l'année solaire, on comble la lacune par l'intercalation d'un 13ᵉ mois lunaire, de telle sorte que chaque mois
lunaire (ou du moins le premier de la série) chevauche et oscille
constamment sur le point de jonction de deux mois solaires consécutifs, sans jamais les dépasser, c'est-à-dire sans jamais sortir
de l'intervalle compris, soit entre le commencement du premier
et la fin du second, soit même entre le milieu du premier et le
milieu du second.

Dès-lors il est impossible, on le comprend, qu'un mois lunaire
quelconque puisse jamais s'écarter de plus de trente jours de sa
position primitive et en quelque sorte normale dans l'année
solaire.

Quoi qu'il en soit, loin d'être insurmontable, la difficulté qui
se présente admet une solution fort simple ; on peut même
dire que cette solution est forcée : impossible, en effet, d'échapper
à cette conséquence, que les années ptolémaïques ne formaient
pas une suite continue, mais que chaque souverain pouvait se
constituer une ère propre et personnelle, en faisant commencer
l'année civile avec une lunaison quelconque. Quant à la règle
d'après laquelle s'opérait ce changement du point initial de l'année civile, à défaut d'une certitude absolue, il est permis dès aujourd'hui de poser comme un principe éminemment probable,
que *le mois lunaire pendant lequel avait lieu l'avénement du
nouveau roi, en fixant son éponymie, prenait dès lors le nom de*
DIOS, *en même temps qu'il devenait la tête d'une nouvelle série de
mois ainsi que l'origine d'une ère personnelle au nouveau souverain, quel que fût d'ailleurs le nom du mois précédent* [1].

Or, voici les faits sur lesquels je crois pouvoir établir le principe que je viens d'énoncer.

1° On voit à la ligne 5 du texte grec du décret de Canope, que
l'anniversaire de la naissance du roi Évergète se célébrait le 5 de
dios ; et la ligne 6 du même décret ajoute que le 25 du même
mois on célébrait le jour où il avait reçu la couronne de son
père.

Ici, comme on le voit, l'énoncé est explicite ; c'est dans la
langue du souverain qu'il est formulé ; mais il y a doute sur celui

---

1. Cf. Brunet de Presle, *loc. laud.*, p. 42, note 2.

des deux événements qui doit être considéré comme la cause de l'imposition du nom de dios au mois qui les contient tous deux.

2° Pour le décret de Memphis (pierre de Rosette), les faits ne sont pas aussi clairs. Dans celui-ci, le jour natal du roi et celui de son avénement sont énoncés en égyptien; le jour de la naissance du roi est fixé au 30 mésori, et quant au jour où il entra en possession de la royauté de son père, il y a, comme on le sait, une lacune que notre illustre prédécesseur Letronne remplissait par la date égyptienne du 17 méchir, tandis que notre confrère et ami Ch. Lenormant y introduit le mot φαωφὶ au lieu du mot μεχείρ.

Voilà donc trois dates entre lesquelles il faut choisir. Or, sans entrer dans les détails d'un calcul inutile pour prouver que ni le 30 mésori ni le 17 méchir ne sauraient faire partie du mois dios aux époques convenables pour satisfaire ainsi aux conditions de notre problème, je me bornerai à démontrer que le 18 méchir étant identique par hypothèse au 4 xandicos [1], et par conséquent le 15 méchir au 1er xandicos, en l'an 199 avant notre ère, 9e année d'Épiphane, il s'ensuit qu'en admettant un mode d'intercalation convenable, le 17 phaophi de l'an 541 de Nabonassar, identique au 29 novembre de l'année 208 avant notre ère, première éponyme d'Épiphane *recevant la couronne des mains de son père* [2] *qui l'associe au trône* (pour me servir de la formule consacrée), il s'ensuit, dis-je, que ce 17 phaophi appartiendra au mois dios.

En effet, il est facile de voir d'abord que le 1er thoth de l'an 541 de Nabonassar étant identique au 14 octobre de l'an 208 avant notre ère, le 17 phaophi, 47e jour de l'année égyptienne, est identique, ainsi qu'on vient de le dire, au 29 novembre de la même année [3], 6e jour de la lune qui était nouvelle le 24 du même mois [4] ou le 12 phaophi (voir le Tableau E). Or, du 24 no-

---

1. C'est sans raison valable qu'on a pris la veille du jour de l'assemblée des prêtres pour remplir la lacune mentionnée plus haut (voir Lenormant, *loco laudato*).

2. Saint-Martin, p. 117.

3.   1er thoth 541 = 14 octobre 208.
                     17 phaophi = 29 novembre.
   ──
   Différence... 46 jours.   46 jours.

4. Pingré : Éclipses de soleil le 12 août 208 et le 5 février 207 ; époque moyenne, 9 novembre ; ajoutant 14 jours, on a le 24 novembre. — (Voir le Tableau F.)

vembre 208 au 23 mars 199, ou du 12 phaophi de l'an 541 de Nabonassar au 13 méchir de l'an 549, il y a, suivant la supputation égyptienne (plus simple que la julienne pour la circonstance actuelle), 8 années vagues (de 365 jours), 4 mois (de 30 jours), et 1 jour en plus, laps de temps qui se résout en 3041 jours[1] formant à leur tour 103 lunaisons moyennes (soit approximativement 54 lunaisons de 30 jours et 49 de 29 jours). Maintenant ces 103 lunaisons, outre 8 années purement lunaires de 12 mois, contiennent 7 mois en plus. Sur ces 7 mois, admettons 2 intercalations[2] qui tomberont nécessairement sur les années 3 et 6 d'Épiphane, et il restera, outre les 8 années lunisolaires, 5 mois ou lunaisons à décompter préalablement en remontant à partir du 1er xandicos de l'année 199, ce qui nous conduit finalement à un 1er dios, identique d'une part au 26 novembre 208, surlendemain de la néoménie du 24, et d'autre part au 14 phaophi, comme on le voit dans le tableau suivant :

Nabonassar.		Années juliennes.			
541. 14 phaophi =	208.	26 novembre =	1er dios	an 1 d'Épiphane.
	207.	15 » =		an II.
	*206.	4 » =		an III.
	205.	22 » =		an IV.
	204.	12 » =		an V.
	*203.	1er » =		an VI.
	202.	19 » =		an VII.[1]
	201.	7 » =		an VIII.
	200.	28 octobre =	1er dios	an IX.
	»	27 novembre =	1er apelléos	»
	»	26 décembre =	1er audynéos	»
	199.	25 janvier =	1er péritios	»
	»	23 février =	1er dystros	»
	»	25 mars =	1er xandicos	»
549. 18 méchir =	199.	28 mars =	4 xandicos	»
		(Couronnement d'Épiphane.)		

1.   24 novembre 208 = 12 phaophi 541.
         23 mars   199 = 13 méchir 549.

Différence... 3041 jours = 8 ans vagues et 121 jours.

2. Il n'en saurait être autrement sans que le nombre des intercalations dépasse 2, ou sans que le nombre des années comprises entre deux intercalations successives soit lui-même plus grand que 2. (V. ci-dessus, p. 5.)

* Années embolismiques.

Ainsi, en définitive, le 17 phaophi étant identique au 4 du mois dios, notre proposition se trouve démontrée.

Ici se présente nécessairement la question de savoir comment, en concurrence avec les années du règne d'Épiphane, se comptaient celles du règne de son père. Or la question se trouvera toute résolue si l'on consent à admettre une hypothèse bien naturelle, savoir : que Philopator, en associant son fils au trône, aura choisi, pour effectuer cet acte important, le jour de sa propre éponymie, c'est-à-dire un 1er *dios*, celui de la 15e année de son règne qui avait dû commencer en 222 d'après les canons, de manière à faire de ce 1er dios celui de la première année du règne de son fils. Voyons ce qui résultera de cette hypothèse.

Eh bien ! puisque nous voyons, dans les 9 années qui viennent d'être énumérées, le 1er dios se tenir constamment entre les limites extrêmes du 28 octobre et du 26 novembre, nous pouvons regarder comme éminemment probable que la néoménie de de l'année 222 comprise entre ces deux dates, déterminera le 1er dios de la première année de Philopator, c'est-à-dire l'origine de l'ère de Philopator, et par suite d'Épiphane. Or, les Tables de Pingré indiquant une éclipse de lune pour le 14 novembre à 3 heures du soir, retranchons 14 jours et 18 heures, moitié d'une lunaison moyenne, nous arrivons ainsi au 30 octobre à 9 heures du soir (voir le Tableau *F*). Ajoutons 2 jours (voir ci-dessus p. 4), et nous aurons le 1er novembre pour époque probable du 1er dios.

Or, le 2 novembre est justement l'époque indiquée à cet effet par Saint-Martin dans sa *Table chronologique des Lagides* (page 116 des *Nouvelles recherches*, etc.). On ne devait certes pas s'attendre à une coïncidence plus parfaite, et plus propre en même temps à confirmer notre théorie.

Nous pouvons, en conséquence, résumer l'ensemble des règnes de Philopator et d'Épiphane dans le tableau suivant [1] que nous prolongeons jusqu'au règne de Philométor.

---

1. Notons en passant que les erreurs commises sur les valeurs exactes des lunaisons, et dont chacune atteint près de 3/4 d'heure (44′ 2″) (voir ci-dessus, p. 5, note 1) peuvent, en s'accumulant, aller jusqu'à altérer d'un jour quelques dates partielles, mais toutefois sans influer sur le résultat final.

Nabon. 527. 15 thoth = 222. 1er novembre = 1er dios an Ier de Philopator.

538 30 mésori = 210. 9 octobre : naissance d'Épiphane.

541. 14 phaophi = 208. 26 novembre = 1er dios an XV de Philopator.
(1re année éponyme d'Épiphane avec son père).

544. 11 phaophi = 205. 22 novembre = 1er dios an IV d'Épiphane.
(1re année éponyme d'Épiphane seul).

549. 18 méchir = 199. 28 mars = 4 xandicos an IX d'Épiphane :
(Couronnement d'Épiphane.)

567. 2 phaophi = 182. 8 novembre = 1er dios an XXVII d'Épiphane.
8 décembre = 1er apelléos.
181. 6 janvier = 1er audynéos.
5 février = 1er péritios.
5 mars = 1er dystros.
4 avril = 1er xandicos.
3 mai = 1er artémisios.

567. 28 pharmouti = 181. 1er juin = 30 artémisios an XXVII.
Fin d'Épiphane après un règne de 26 ans 7 mois :
Total des deux règnes 40 ans 7 mois.

567. 29 pharmouti = 181. 2 juin = 1er dios de Philométor,
(Voir ci-après, p. 26.)

Ce résultat, non moins important que curieux, nous autorise à admettre que quand un souverain associait préventivement au trône son héritier présomptif, la suite des mois calendaires, c'est-à-dire la série nominale des lunaisons, se poursuivait sans discontinuité, de manière cependant que chacun des deux rois faisait commencer son ère personnelle à un 1er dios, comme on vient de le voir : c'est ainsi que le 1er dios ou le premier jour de l'an 15 de Philopator devenait celui de l'an I d'Épiphane, le premier de ces deux rois comptant 16, 17, quand le deuxième comptait 2, 3. (Cette double supputation s'arrête nécessairement à l'an 17 de Philopator, puisque c'est dans le courant de cette année qu'il mourut [1].)

Le même résultat, rapproché des faits déjà constatés, nous conduit naturellement à partager en trois groupes ayant chacun leur ère propre, la série des Ptolémées composant ce que Champollion-Figeac appelle la première branche des Lagides. Ainsi le premier groupe comprendrait Soter, Philadelphe, Évergète ; le deuxième groupe se composerait de Philopator et d'Épiphane ; enfin, le troisième commencerait à Philométor.

Pour Philopator et Épiphane, formant le deuxième groupe,

1. C'est à une semblable cause que se rattache le fait déjà cité, de médailles de la 2e année du règne de Philadelphe, qui se rapportent notoirement à l'an 41 de Ptolémée Soter.

nous venons d'établir d'une manière plausible, à ce qu'il nous semble, que leur ère commençait au 1er novembre de l'an 222 avant notre ère, jour identique au 15 thoth de l'an 527 de Nabonassar ; d'où résulte, comme on vient de le voir, l'identité du 4 xandicos de l'an 9 d'Épiphane avec le 18 méchir de l'an 549 de Nabonassar, jour d'ailleurs identique avec le 28 mars de l'an 199 avant l'ère chrétienne.

Quant au premier groupe comprenant Soter, Philadelphe, Évergète, nous savons, pour ce dernier roi, que le 7 apelléos de la 9e année de son règne était identique au 17 tybi de l'an 505 de Nabonassar, et au 8 mars de l'an 243 avant J.-C. ; il s'ensuit que le 1er dios de ce même an 9 tombe sur le 12 choïak de l'an 505 et sur le 1er février 243[1].

Par suite, en remontant d'année en année et tenant compte des intercalations, on peut établir de la manière suivante le tableau des 9 premières années de règne d'Évergète. (Voir le Tableau *G*.)

Nabonassar 497. 8 choïak = *251. 30 janvier = 1er dios an I d'Évergète.
                     250. 18 février   an II.
                   *249. 8   »   an III.
                     248. 25   »   an IV.
                     247. 15   »   an V.
                   *246. 4   »   an VI.
                     245. 23   »   an VII.
                     244. 11   »   an VIII.
        (1er paÿni =   244. 20 juillet : lever épitole de l'astre d'Isis.)
505. 12 choïak =   *243. 1er février = 1er dios an IX.
     11 tybi   =   2 mars = 1er apelléos.
     17   »   =   8   »   = 7   »
                   (Décret de Canope.)

Cela posé, nous avons admis que Philadelphe avait associé Évergète à la royauté, comme jadis Soter l'avait fait pour lui, et que cet événement avait eu lieu 5 ans avant la fin du règne de Philadelphe arrivée vers la fin de 247 ou le commencement de 246. Le 4 février 246, 1er dios de l'an 1er d'Évergète régnant seul, ou de l'an 6 d'Évergète associé à son père Philadelphe, marquerait donc la fin des 38 années de règne que l'on attribue à ce dernier,

1.   243. 1er février = 505. 12 choïak.
                  8 mars   =   17 tybi.

différence : 35 jours.   35 jours.

en y comprenant ses 2 premières années pendant lesquelles il fut associé au trône par Ptolémée Soter. Mais 38 ans formant juste 2 périodes métoniennes, ce sera donc du 4 février de l'an 284 avant notre ère, que devra partir le commencement ou 1er dios de l'an 1er de Philadelphe. Enfin, Soter ayant été gouverneur de l'Égypte pendant 17 ans et ensuite roi pendant 21 ans avant d'associer son fils au trône, et ce nombre d'années formant derechef une somme de 38 ans, il s'ensuit que le 4 février 322 pourra être également pris pour origine de l'autorité de Ptolémée Soter [1]. D'où résultera, pour base de la chronologie du premier groupe, le tableau suivant :

Nabonassar.				Nombre d'années.
✶426.25 athyr	= 322.	4 février =	1er dios : Ptol. Soter gouverneur 17 ans	⎫
443.21 choïak	= 305.	26 »	1er dios. Ptol. Soter règne 21 »	⎬ 38
✶464. 5 »	= 284.	4 »	1er dios. Soter associe Philad. 2 »	⎫
466.13 »	= 282.	12 »	1er dios. Soter abdique. — Philadelphe seul. 31 »	⎬ 38
✶497. 8 »	= 251.	30 janvier	1er dios. Philad. et Évergète. 5 »	⎭

(Commencement de l'éponymie d'Évergète.)

✶502.14 »	= 246.	4 février.	1er dios an VI. Évergète seul : 29 ans et 9 m.
✶505.12 »	= 243.	1er »	1er dios an IX.
✶524.16 »	= 224.	31 janvier.	1er dios an XXVIII.
525. 5 tybi	= 223.	19 février	1er dios an XXIX.
✶526.24 choïak	= 222.	8 »	1er dios an XXX.
24 tybi		10 mars	1er apelléos »
23 méchir		8 avril	1er audynéos »
22 phaménoth		8 mai	1er péritios »
22 pharmouti		6 juin	1er dystros »
22 paschon		6 juillet	1er xandicos »
21 paÿni		4 août	1er artémisios »
21 épiphi		3 septemb.	1er désios »
20 mésori		2 octobre	1er panémos »
527.14 thoth		31 »	30 » an XXX.

Fin du règne d'Évergète : 29 ans 9 mois.

527. 15 thoth = 222. 1er novembre = 1er dios de Philopator.

(Voir ci-dessus, p. 21.)

Bien que je ne puisse présenter les chiffres de ce tableau qu'à titre de déduction plus ou moins conjecturale en ce qui touche Soter et Philadelphe, et notamment le premier, je crois cependant

1. Pingré : éclipse de soleil le 2 avril 322 ; ôtez 59 jours, reste le 2 février 322.

trouver à l'ensemble que forme ce premier groupe des Lagides, une base chronologique suffisamment solide dans les remarques suivantes :

1[6] Alexandre étant mort, suivant Saint-Martin, le 22 juin 324 avant J.-C. , et Ptolémée Soter ne s'étant, d'après Porphyre, rendu en Égypte que plus d'un an après pour en prendre le gouvernement, le laps de 19 mois et quelques jours écoulés depuis cette époque, jusqu'au 4 février 322 où nous plaçons le commencement de l'autorité de ce chef de la dynastie des Lagides, ne saurait paraître trop considérable.

2° En fixant l'époque où Soter prit le titre de roi au 26 février 305, nous la faisons tomber, d'accord avec Diodore de Sicile, précisément sous l'archoutat de Corœbus, c'est-à-dire dans la 3e année de la 118e olympiade (3 juillet 306, 21 juillet 305)[1].

3° Enfin, de ces dates combinées avec celles des règnes suivants (qui ne sont point sujettes à contestation comme les précédentes), il résulte bien, conformément au texte de Porphyre, que Ptolémée Soter fut maître de l'Égypte, d'abord pendant 17 ans comme gouverneur, et ensuite pendant 21 ans comme roi, ce qui fait 38 ans, non compris ses 2 années d'association avec son fils Ptolémée Philadelphe.

Philadelphe ayant également régné 38 ans, d'après Eusèbe, le Syncelle, etc., pourvu que l'on comprenne dans cette durée, d'abord les deux années de son association avec son père, puis 5 années d'association avec Évergète son fils, il s'ensuit que la durée du premier groupe se termine avec le 9e mois de la 30e année d'Évergète, qui doit avoir ainsi régné 29 ans et 9 mois y compris les 5 années d'association avec Philadelphe[2] ; et de là résulte

---

1. Cp. Champollion-Figeac, *Ann. des Lagides*, t. I, p. 245 ; et Saint-Martin, p. 92.

2. Il n'est pas sans intérêt d'observer que le mode de fixation des années intercalaires, suivant lequel est calculé le tableau précédent, est exactement conforme à celui que toutes les vraisemblances assignent à la méthode adoptée lors de l'établissement du cycle de Méton, c'est-à-dire que la première année de la première période métonienne commençant en 432, et les périodes suivantes commençant respectivement en 413, 394, 375, 356, 337, 318, 299, 280, 261, 242, 223, les années intercalaires y occupent les rangs marqués par les chiffres 2, 5, 8, 11, 13, 16, 19. Ainsi, par exemple, pour la dixième période, qui commence en 261, on a les années intercalaires 260, 257, 254, 251, 249, 246, 243. Toutes celles que nous avons

pour la durée totale des règnes du premier groupe, une somme de 100 ans et 9 mois.

Après avoir ainsi bien établi la chronologie du premier groupe, et rappelé que la durée du deuxième est de 40 ans et 7 mois, nous revenons au troisième groupe dont Philométor occupe la tête. Pour celui-ci nous avons deux dates, l'une de l'an 18, l'autre de l'an 26 de son règne; il s'agit, au moyen de ces dates, de remonter à l'origine de son ère, c'est-à-dire au 1er dios de l'an 1er. A cet effet, observons qu'en l'an 162, c'est-à-dire 19 ans après l'avénement de Philométor qui eut lieu en 181, la relation mutuelle des mois juliens et macédoniens dut être la même qu'en cette dernière année. Or nous savons déjà qu'en l'an 164, 18e de Philométor, le 1er péritios correspondait au 21 septembre; et de là il est facile de déduire que le 1er dios s'était rencontré cette année-là avec le 24 juin. Or, le 1er dios coïncidant en 164 avec le 24 juin, il s'ensuit qu'il dut coïncider en 163 avec le 13 juin, et en 162 avec le 2 juin[1] (cet intervalle n'étant affecté d'aucune intercalation). Donc aussi en 181, le 1er dios était identique au 2 juin; donc, si la règle admise plus haut pour Évergète et pour Épiphane est également vraie pour Philométor, il s'ensuivra que l'avénement de Philométor, ou le commencement de son éponymie, doit échoir dans les premiers jours de juin de l'an 181.

En effet, les Tables de Pingré indiquent une pleine lune à la date du 19[2] mars 181 à 14 heures 3/4. Ajoutons 14 jours et 18 heures 1/4, moitié d'une lunaison de 29 jours 12 heures 3/4, et nous avons pour la néoménie suivante, le 3 avril à 9 heures. Ajoutons encore 59 jours et 1 heure, valeur de 2 lunaisons, et nous arrivons au 1er juin à 10 heures.

marquées d'un astérisque sont ainsi les années réellement intercalaires, comme il est facile de le vérifier d'après leurs rangs respectifs.

Ajoutons cette remarque curieuse, qu'aujourd'hui encore on se sert du cycle de Méton appliqué de la même manière; car c'est ainsi que le comput ecclésiastique l'emploie pour déterminer la fête de Pâques : « L'Église d'Alexandrie, dit Saint-« Martin (p. 22, cp. p. 48), le reçut des astronomes païens de cette ville, et le « donna au monde chrétien .»

1. Un raisonnement pareil à celui donné précédemment (p. 19, note 2) prouve que les intercalations appartiennent nécessairement et exclusivement aux années 159 et 162. (Voir à la p. précédente, note 2.)

2. Il paraît y avoir une faute dans les Tables de Pingré : il faudrait 18 et non 19 ; d'où le 2 avril et le 31 mai pour les néoménies indiquées, et le 2 juin pour le 1er dios. Voir le tableau *H*.)

VÉRIFICATION.

Dates de Nabonassar.	Dates juliennes.	Dates ptolémaïques.	
567. 29 pharmouti =	✶181. 2 juin	= 1er dios an 1er de Philométor.	
	180. 21 »	= » II.	
	179. 10 »	= » III.	
	✶178. 30 mai	= » IV.	
	177. 18 juin	= » V.	
	176. 16 »	= » VI.	
	✶175. 27 mai	= » VII.	
	174. 15 juin	= » VIII.	
	✶173. 4 »	= » IX.	
	172. 22 »	= » X.	
	171. 11 »	= » XI.	
	✶170. 31 mai	= » XII	}
	169. 19 juin	= » XIII	
	168. 8 »	= » XIV	avec Éver-
	✶167. 28 mai	= » XV	gète II.
	166. 16 juin	= » XVI	
	✶165. 5 »	= » XVII	}
584. 25 paschon =	164. 24 »	= 1er dios an XVIII.	
	» 24 juillet	= 1er apelléos »	
	» 22 août	= 1er audynéos »	
	» 21 septembre	= 1er péritios »	
584. 27 mésori =	» 24 »	= 4 » »[1].	
	163. 13 juin	= 1er dios an XIX.	
	✶162. 2 »	= » XX.	
	161. 21 »	= » XXI.	
	160. 10 »	= » XXII.	
	✶159. 30 mai	= » XXIII.	
	158. 18 juin	= » XXIV.	
	157. 7 »	= » XXV.	
592. 29 pharmouti =	✶156. 27 mai	= 1er dios an XXVI.	
	» 26 juin	= 1er apelléos »	
	» 25 juillet	= 1er audynéos »	
	» 24 août	= 1er péritios »	
	» 22 septembre	= 1er dystros »	
	» 22 octobre	= 1er xandicos »	
593. 25 thoth =	» 25 »	= 4 » »	
	155. 15 juin	= 1er dios an XXVII.	
	✶154. 4 »	= » XXVIII.	
	153. 23 »	= » XXIX.	
	152. 12 »	= » XXX,	
	✶151. 1er »	= » XXXI.	
	150. 20 »	= » XXXII.	
	149. 9 »	= » XXXIII.	
	✶148. 29 »	= » XXXIV.	
	147. 17 »	= » XXXV.	

Fin du règne de Philométor.

1. Notons en passant que la nécessité de trouver deux intercalations, ni plus ni

CONCLUSION.

Nous terminerons ici cette étude qui n'avait nullement la prétention de rétablir d'une manière complète le calendrier des Ptolémées ; les faits connus jusqu'à ce jour nous semblent insuffisants pour conduire actuellement à un pareil résultat. Tel qu'il est cependant, notre travail nous paraît autoriser pleinement la supposition, que les dates des événements spécialement relatifs aux personnes royales de la dynastie des Lagides, que notamment les années de leurs règnes ne se réglaient pas sur l'année solaire, mais qu'on les rapportait à l'année ou plutôt au mois lunaire. Au reste, ce n'est pas seulement sous les Ptolémées (semble-t-il) que les choses se passaient ainsi ; et c'est certainement là que se trouve l'explication des faits curieux si bien mis en relief par mon savant confrère M. de Rougé dans ses leçons au collége de France [1], notamment celui par lequel Thouthmès III, après avoir daté de l'an 22 de son règne les faits advenus pendant le mois de pharmouti, date tout à coup de l'an 23 en arrivant aux premiers jours de paschon. Mais c'est que dans l'intervalle (c'est encore M. de Rougé qui le dit) était survenue une néoménie et une fête éponyme du roi, savoir : celle de la commémoration de son avénement au trône [2].

A cette occasion, que l'on me permette de rappeler ici une opinion que j'ai précédemment émise [3] : c'est que « dans une « multitude de cas où M. Brugsch est amené (dans son ouvrage si « instructif [4]) à signaler ce qu'il nomme *la fête du nouvel an*, c'est « *la fête de la nouvelle lune* qu'il faudrait dire [5] ; ... et de plus

moins, entre les années 164 et 156, entraîne celle d'attribuer ces deux intercalations aux années 162 et 159, c'est-à-dire aux années 20e et 23e de Philométor. — Par suite, l'année 1re de Philométor doit aussi être embolismique.

1. Voir *Revue de l'Instruction publique* (27 septembre 1866). — It. *Comptes rendus de l'Académie des Inscriptions* (1866, p. 39.)

2. Cp. le *Mémoire* de M. Th.-H. Martin *sur le rapport des lunaisons avec le calendrier des Égyptiens*, etc. (Mém. présentés par divers savants à l'Acad. des Inscr., tome VI, 1re série, 2e part., p. 441 et suiv.)

3. *Revue de l'Orient, de l'Algérie et des Colonies* (juillet—septembre 1865).

4. *Matériaux pour servir à la reconstruction du calendrier des anciens Égyptiens*. — Cp. surtout les §§ 14 et 15 (pp. 55, 64 et suiv.)

5. A ce sujet, comparez les comptes rendus de l'Académie des Inscriptions et Belles-Lettres, mai 1867, p. 101. — Tout événement, quelle qu'en soit la nature, dont la date est rapportée d'une manière certaine à un calendrier, peut devenir un élément essentiel dans le calcul de restitution de ce calendrier.

« (je le répète encore) M. Brugsch lui-même a donné toutes les
« raisons et dit tout ce qu'il fallait dire pour entraîner son lec-
« teur à adopter cette irrésistible conclusion.

« Malheureusement, je ne me le dissimule pas, il manque à ces
« propositions bien hardies de ma part, une condition essentielle
« et sans laquelle elles risquent fort de rester lettre morte : cette
« condition, c'est le cachet d'un égyptologue. »

RÉSUMÉ SYNOPTIQUE

DE LA CHRONOLOGIE DE LA PREMIÈRE BRANCHE DES LAGIDES.

ANNÉES DE NABONASSAR.	ANNÉES JULIENNES.		ANS.
426. 25 athyr.	322. 4 février.	Ptolémée Soter gouverneur..	17 ⎫ 38
443. 3 choïak.	305. 26 »	Il règne.....	21 ⎭
464. 5 »	284. 4 »	Soter et Philadelphe associés.	2 ⎫
466. 12 »	282. 12 »	Soter abdique; Philadelphe seul (1er dios an III)......	31 ⎬ 38
497. 8 tybi.	251. 30 janvier.	Philadelphe et Évergète.....	5 ⎭
502. 13 choïak.	246. 4 février.	Évergète seul (1er dios an VI).	24 ans 9 m.
527. 15 thoth.	222. 1er novemb.	Ptolémée Philopator.........	14 ⎫ 17
541. 14 phaophi.	208. 26 »	Philopator et Épiphane......	3 ⎭
544. 12 »	205. 22 »	Épiphane seul (1er dios an IV).	23 ans 7 m.
567. 29 pharmouti.	181. 2 juin.	Ptolémée Philométor........	35 ans.

A.-J.-H. VINCENT,

Membre de l'Institut.

TABLEAU A.

An de Nabon. 593.20 thoth. = 20 octobre — 155 (ann. jul. 156 av. J. C., date chronol.).

	a	b	c	d	e
Table I, arg. 20 siècles.	3444	389	299	86	883
Table II, arg. — 155	31	15	992	0	1
Table III, arg. 1845.	7172	814	681	1	852
Table IV, arg. 20 octobre.	8881	597	179	799	730
	9528	815	151	886	466

Table VI, arg. $a =$ 9528	15
Table VII, arg. $b =$ 815	19
Table VIII, arg. $c =$ 151	64
Table IX, arg. $d =$ 886	78
Table X, arg. $e =$ 466	4
$\Delta = 10000 - 9728 = 272$	$A = 9728$

Époque adoptée : octobre 20^j 0^h 0^m
Table XI : correction $+$ 19^h 17^m
N. L., temps de Paris...,. 20^j 19^h 17^m
Longit. Est d'Alexandrie $+$ 1^h 50^m
N. L., temps d'Alex., octob. 20^j 21^h 7^m

1er xandicos an XXVI dè Philométor = 22 thoth 593 (Nabon.) = 22 oct. 156 (chron.).
1er dios...... .... = 27 mai 156.

TABLEAU B.

An de Nabon. 584 22 mésori = 19 septembre — 163 (ann. jul. 164 av. J. C., chron.).

	a	b	c	d	e
Table I, arg. 20 siècles.	3444	389	299	86	883
Table II, arg. — 163	31	15	992	0	1
Table III, arg. 1837.	7689	770	828	1	473
Table IV, arg. 19 septemb.	8383	472	204	715	591
	9547	646	323	802	948

Table VI, arg. $a =$ 9547	16
Table VII, arg. $b =$ 646	51
Table VIII, arg $c =$ 323	67
Table IX, arg. $d =$ 802	115
Table X, arg. $e =$ 948	5
$\Delta = 10000 - 9801 = 199$	$A = 9801$

Époque adoptée : septemb. 19^j 0^h 0^m
Table XI, correction $+$ 14^h 10^m
N. L., t. de Paris, septemb. 19^j 14^h 10^m
Longit. Est d'Alexandrie $+$ 1^h 50^m
N. L., t. d'Alex., septemb. 19$_j$ 16^h 0^m

1er péritios an XVIII de Philom. = 24 mésori 584 Nabon. = 21 sept. 164 (chron.).
1er dios.................................. .... = 24 juin 164.

TABLEAU C.

An de Nabon. 549.13 méchir = 23 mars — 198 (ann. jul. 199 av. J. C., d. chron.).

	a	b	c	d	e
Table I, arg. 20 siècles.	3444	389	299	86	883
Table II, arg. — 198	33	15	992	0	1
Table III, arg. 1802.	8619	817	967	1	684
Table IV, arg. 23 mars	7429	940	546	222	977
	9525	161	804	309	545
Table VI, arg. $a = 9525$	15				
Table VII, arg. $b = 161$	337				
Table VIII, arg. $c = 804$	1				
Table IX, arg. $d = 309$	5				
Table X, arg. $e = 545$	1				

Époque adoptée : mars. 23^j 0^h 0^m
Table XI, correction   + 8^h 13^m

N. L., t. de Paris, mars. 23^j 8^h 13^m
Longit. Est d'Alexandrie + 1^h 50^m

$\Delta = 10000 - 9884 = + 116$ A=9884   N. L., t. d'Alexand., mars. 23^j 10^h 3^m

1er xandicos an IX d'Épiphane = 15 méchir 549 Nabon. = 23 mars 199 (chron.).
1er dios... = 28 octobre 200.

TABLEAU D.

An de Nabon. 505.9 tybi = 28 février — 242 (ann. jul. 243 av. J. C., d. chron.).

	a	b	c	d	e
Table I, arg. 21 siècles.	4913	837	146	89	655
Table II, arg. — 242	34	16	992	0	1
Table III, arg. 1858.	4996	127	933	0	332
Table IV, arg. 28 février.	9641	105	823	159	131
	9584	085	894	248	119
Table VI, arg. $a = 9584$	17				
Table VII, arg. $b = 085$	278				
Table VIII, arg. $c = 894$	13				
Table IX, arg. $d = 248$	0				
Table X, arg. $e = 119$	0				

Époque adoptée : février. 28^j 0^h 0^m
Table XI, correction   + 7^h 39^m

N. L., t. de Paris, février. 28^j 7^h 39^m
Longit. Est d'Alexandrie + 1^h 50^m

$\Delta = 10000 - 9892 = 108$ A=9892   N. L., t. d'Alex., février. 28^j 9^h 29^m

1er apelléos an IX d'Évergète = 11 tybi 505 = 2 mars 243.
1er dios............................... = 1er février 243.

TABLEAU *E*.

An de Nabon. 541.12 phaophi = 24 nov. — 207 (ann. jul. 208 av. J. C., d. chron.).
Avant-veille de l'ère d'Épiphane.

	a	*b*	*c*	*d*	*e*
Table I, arg. 21 siècles.	4913	837	146	89	655
Table II, arg. — 207.	33	15	992	0	1
Table III, arg. 1893.	4067	79	794	999	121
Table IV, arg. 24 novemb.	733	867	279	895	17
	9746	798	211	983	794

Table VI, arg. 9746.....	20	
Table VII, arg. 798.....	15	
Table VIII, arg. 211.....	69	Époque adoptée : novemb. 24j 0^h 0^m
Table IX, arg. 983.....	65	Table XI, correction + 5^h 40^m
Table X, arg. 794.....	5	N. L., t. de Paris, novemb. 24j 5^h 40^m
		Longit. Est d'Alexandrie + 1^h 50^m
Δ = 10000 — 9920 = 80	A = 9920	N. L., t. d'Alex., novemb. 24j 7^h 30^m

TABLEAU *F*.

An de Nabon. 527.13 thoth = 30 oct. — 221 (ann. jul. 222 av. J. C., d. chron.).
Avant-veille de l'avénement de Philopator.

	a	*b*	*c*	*d*	*e*
Table I, arg. 21 siècles.	4913	837	146	89	655
Table II, arg. — 221	34	15	992	0	1
Table III, arg. 1879.	2303	483	37	998	191
Table IV, arg. 30 octobre.	2367	960	493	827	98
	9517	295	668	914	945

Table VI, arg. 9517.....	15	
Table VII, arg. 295.....	346	
Table VIII, arg. 668.....	4	Époque adoptée : octobre. 30j 0^h 0^m
Table IX, arg. 914.....	90	Table XI, correction + 1^h 38^m
Table X, arg. 945.....	5	N. L., t. de Paris, octobre. 30j 1^h 38^m
		Longit. Est d'Alexandrie + 1^h 50^m
Δ = 10000 — 9977 = 23	A = 9977	N. L., t. d'Alex., octobre. 30j 3^h 28^m

REVUE ARCHÉOLOGIQUE.

TABLEAU *G*.

An de Nabon. 497.6 tybi = 28 janv. 250 (ann. jul. 251 av. J. C., date chronol.
Avant-veille de l'avénement d'Évergète).

	a	*b*	*c*	*d*	*e*
Table I, arg. 21 siècles.	4913	837	146	89	655
Table II, arg. — 250	36	16	991	0	1
Table III, arg. 1850.	5514	82	80	0	954
Table IV, arg. 28 janvier.	9143	980	849	74	992
	9606	915	66	163	602

Table VI,   arg. a = 9606 | 17
Table VII, arg. b =   915 | 90
Table VIII, arg. c =   66 | 49
Table IX,   arg. d =   163 | 8
Table X,   arg. e =   602 | 0

Époque adoptée : janvier.   28^j 0^h 0^m
Table X, correction   +   16^h 18^m
N. L., t. de Paris, janvier.   28^j 16^h 18^m
Longit. Est d'Alexandrie +   1^h 50^m
N. L., t. d'Alexandrie, janv. 28^j 18^h 8^m

Δ = 10000 — 9770 = 230 | A = 9770

TABLEAU *H*.

An de Nabon. 567.27 pharmouti = 31 mai — 180 (ann. jul. 181 av. J. C., d. chron.).
Avant-veille de l'avénement de Philométor.

	a	*b*	*c*	*d*	*e*
Table I, arg. 20 siècles.	3444	389	299	86	883
Table II, arg. — 180	33	15	992	0	1
Table III, arg. 1820.	4785	399	618	999	267
Table IV, arg. 31 mai.	1133	480	747	413	549
	9395	283	656	498	700

Table VI,   arg. a = 9395 | 12
Table VII, arg. b =   283 | 352
Table VIII, arg. c =   656 | 6
Table IX,   arg. d =   498 | 58
Table X,   arg e =   700 | 1

Époque adoptée : mai.   31^j 0^h 0^m
Table XI, correction   +   12^h 29^m
N. L., t. de Paris, mai.   31^j 12^h 29^m
Longit. Est d'Alexandrie +   1^h 50^m
N. L., temps d'Alex., mai. 31^j 14^h 19^m

Δ = 10000 — 9824 = 176 | A = 9824

A.-J.-H. V.

Paris. — Impr. Bajot, rue des Saints-Pères, 19.

DU MÊME AUTEUR

AUTRES PUBLICATIONS SUR LE CALENDRIER ÉGYPTIEN

Observations relatives à la note de M. le vicomte de Rougé sur le Calendrier et les Dates égyptiennes. (*Revue archéologique*, décembre 1864.)

Note sur un papyrus astronomique cité par M. LETRONNE. (Extrait du Bulletin de l'Académie des Inscriptions et belles-lettres. *Revue archéologique*, février 1865.)

Recherches sur l'année égyptienne; Mémoire lu à l'Académie des Inscriptions et belles-lettres en juin 1865. (*Revue de l'Orient, de l'Algérie et des Colonies*, juillet à septembre 1865.)

Paris — Imprimerie de Pillet fils aîné, rue des Grands-Augustins, 5.

www.ingramcontent.com/pod-product-compliance
Lightning Source LLC
Chambersburg PA
CBHW060910180626
46818CB00004B/1898